FRIGORÍFICO DEL ESTE

FRIGORÍFICO DEL ESTE

MIREYA ROBLES

Library of Congress Control Number:		2010910422
ISBN:	Hardcover	978-1-4535-3920-0
	Softcover	978-1-4535-3919-4
	Ebook	978-1-4535-3921-7

To order additional copies of this book, contact:
Xlibris Corporation
1-888-795-4274
www.Xlibris.com
Orders@Xlibris.com
83560

CONTENTS

FRIGORÍFICO DEL ESTE

Me recosté en el asiento y traté de rastrear estos rápidos flujos de consciencia que atravesaban mi cerebro de tubos plásticos, sin timidez, pero con un aligeramiento casi etéreo. Sé que morí en 1973 cuando en Chile iban a fabricar carne vegetal. Sé que morí en 1973 cuando daban un parte de último minuto que me informó por última vez: había un fallo en el Skylab. Renací ayer y cuarenta y ocho horas más tarde—ahora los días tienen cuarenta y ocho horas—no he salido aún de mi asombro de estar viva. Año de 2273, año trisiesto, año en que tendremos dos febreros. "Dos mil doscientos setenta y tres". Los números suenan distintos. Las gentes se ahogan al hablar. En las tráqueas traquetea un raro sonido de hueso rodando y golpeándose en un pasillo vacío, desolado, inclinado. Conjeturas: el aire se fue espesando y suena aconcretadamente. Conjeturas: el aire se ha hecho sólido. Conjeturas: el sistema respiratorio de los demás ha cambiado y trituran el aire. Conjeturas: no se están ahogando, han cambiado su forma de respirar. Conjeturas: mi aparato respiratorio, aparato no, mi sistema respiratorio es inadecuado para respirar aire. Conjeturas: me están regulando la respiración.

La vista salta rápido: no está en los pies. Salta-salta-salta-salta. No, no tengo hilos ni conexiones con nada exterior. Conjeturas: control remoto: no. No. No. No. Conjeturas: independiente, marcho, me debilito; marcho, me rehabilito; marcho, me asombro. Por mi cuenta. Por mí. Por. Conjeturas: en mí. Conjeturas: pulmón moderno. Conjeturas: en mí. Conjeturas: ajena en este mundo. No: en él. Pero no dueña.

El aire vacío de frío. Calor fino. Aliento. Vaho. Vaho seco. Contradicción, pero no sudo. "Interrumpimos este programa para presentar un importante boletín: El Skylab . . . Interrumpimos . . . Skylab . . . el boletín . . . el teléfono es 343-llll . . . no . . . en ése dan la hora y la temperatura . . . Skylab . . . el boletín . . . el teléfono es 869—y los otros números . . . quién disca el número . . . la boca no se mueve . . . ese ronquido no es mi voz . . . el Skylab . . . este programa . . . pesado . . . pesado . . . discar el número . . . el Sky . . . disc . . . el núm . . ."

Ayer a las diez en punto me dijeron que hacía unas tres horas que estaba viva pero que siempre tardaba uno en ganar consciencia. Pensé . . . No. Oí sin pensar. No recordé nada. Salí hacia la puerta donde me absolvían. No, ésa no es la palabra: me daban de alta. Y mi rehabilitación? Y mi entrenamiento? Y mis posibles traumas? Rápidamente, mientras ella sacaba del archivo mis papeles: "Ya no existe la sicología. Las palabras sí se conservan iguales. Hay muchas palabras nuevas, pero las viejas, ésas significan lo mismo". No. Filología, no. Y aquel curso de *rapidus-rápido-rabdo-raudo*. Y *raudo* no es la palabra más vulgar porque evolucionó más que *rápido*? No. El curso: perdido. El curso: sin vigencia. "El lenguaje no cambia porque los medios de difusión nos mantuvieron a todos hablando igual en la distancia y en el tiempo. Nuevas palabras: eso sí". Esto no me lo dijo ella ni siquiera como una información seria. Sólo como para ocuparse en algo antes de llegar al mostrador desde el archivo para que yo firmara una invalidación del certificado de defunción y una autorización de vigencia de mi certificado de nacimiento. "Usted es el reintegro 47111. Una chapa metálica. Pero es mejor tatuarse el número. En la planta del pie: 47111. Su cerebro es nuevo. *Debe* funcionar bien. Pero una forma de no preocuparse es precaverse: reintegro 47111. No obligamos a nadie. Todo el mundo sabe lo que tiene que hacer. La ley es precaución y la precaución es ley. El tatuado: en la Sala Once del segundo piso. Maquinarias automáticas. La tinta es negra. No, azul. No, oscura. Azul-negra. Marcar el número 47111. Cinco segundos. Sí, puede caminar inmediatamente después. Ah, firme el registro. Año 2273. Reintegro 47111. No, ninguna letra. Sólo 47111. Sí, todos sabrán. Sólo hay un reintegro con ese número. No. No hay un exceso de población. No. Ya no hay nacimientos. Todos son reintegros. La población mundial tiene ahora 47111. Habitantes no, reintegros. Los otros: todos en frigoríficos. Usted vino hace tres días, del Frigorífico del Este. Sí, en nuestros transportes. Puede arrancarse ya de la palma, el sello de embarque. Nunca doy tantas explicaciones. Vaya a la Sala Once del segundo piso. No, ningún papel de identificación. Sólo el número de su reintegro. Sí, tatuado. Nunca doy tantas explicaciones".

Por alguna razón me pareció atractiva la idea de volver al Frigorífico del Este y no pasar nunca por la Sala Once del segundo piso. El número de mi reintegro sí era hermoso: 47111. Me siento de inmediato acogida a algo: mi número y yo, yo en mi número, mi número en mí. Soy piernas-jersey-falda-zapatos de sport-un llavero-gafas de sol en un completo y absoluto 47111. Esto me anima a caminar. El llavero, un redondo medallón: Sagitario. Colores de vitrales: Sagitario. Dos llaves verdes: Sagitario. Una llave de aluminio: Sagitario. Una cadena: Sagitario. Y yo un completo y absoluto 47111.

El trámite de marcarme fue tan rápido-frío-impersonal que me recordó la otra vida. Cuando todo se iba mecanizando y ya se sentía uno mecanizado. Cortina blanca: la corrí. Era de lona. Arriba: aros metálicos. La cerré para una privacidad inútil: no había nadie en el piso. Ese jueves—debe ser jueves, quiero que sea jueves—yo era el único reintegro. Carteles, orientaciones. Letras negras, cartones blancos. DESCALZAR EL PIE IZQUIERDO. Descalcé el derecho: 47111 no debía malgastarse en un pie izquierdo. Levanté la pierna hasta hacerla perpendicular a mi cuerpo. Inserté el pie desnudo en la horma-abertura de la maquinaria. Parecía una de esas maquinarias que llamaban 'pulmón artificial'. Un frío en el pie que tuvo el poder de asombrarme. Me agradó. Un puntilleo rápido, preciso, científico. Conjeturas: esto es cosa de chinos y sus acupunciones. Siempre me gustaron las acupunciones de los chinos. La idea del no-dolor. Paró el ruido adormecido y sordo. Me senté a mirarme la planta del pie como la estatua del niño que se contempla la espina.

Me recosté en el asiento y traté de rastrear estos rápidos flujos de consciencia que atravesaban mi cerebro de tubos plásticos. Llámese recuerdo: la Taberna del Tío Sam, el área de Rip Van Winkle, la rechoncha estatua de Emma Willard: área-triángulo, área-tres-ciudades. En la punta, el restaurante de Mario: "Ensalada con queso roquefort, camarones a la Newburgh, café solo, vino de Jerez. Cerveza negra, si la hay". Las máscaras, el tono rojo. Las máscaras con sus muecas-risas congeladas; los bordes de la boca engrampados hacia arriba. Dolor petrificado: tampoco llora. Un corte. Vacío . . . vacío . . . vacío. Desconexión. El hilo roto. Parpadeo. Esfuerzo. Aligeramiento casi etéreo. Estoy . . . estoy en . . . no tengo nombres . . . Las calles se llaman . . . Todo en blanco . . ."*Debe* funcionar bien . . . es nuevo . . . *debe* funcionar bien . . . debe . . ."

La misma frustración de aquellos tiempos mecánicos: 11174. Todo seguía siendo tan preciso: el pie izquierdo no era el derecho. El letrero lumínico, de luz roja, empezó a dibujar, intermitente, en negro: CANCELADO. REINTEGRO CANCELADO. CANCELADO. REINTEGRO CANCELADO. Salió una pequeña tarjeta de aquellas que vomitaban: *scales-*

básculas=escalas . . . escala . . . escala mejor que pesa . . . y hágase
la palabra y la palabra se hizo: escala . . . y le decían a uno el
peso y la fortuna. "INTRODUCIR EL PIE DERECHO PARA
CANCELAR EL REINTEGRO. CUANDO EL SONIDO
SE HAYA APAGADO, ESPERAR VEINTE SEGUNDOS.
INTRODUCIR EL PIE IZQUIERDO PARA MARCAR EL
REINTEGRO CORRECTO. Parecía también una receta de
cocina, con todas esas órdenes en infinitivo. Me pareció amargo
aquel chiste de 'meter la pata'. Porque todo aquello iba mucho
más hondo y seriamente, al hecho de que no hay forma de escoger.
Y ahora, ya no hay nadie contra quién rebelarse. Automatismo
absoluto. Ausencia. Vaho. Vaho frío. Frío. Nadie. Nada. Ni yo. Y
el 47111 impuesto, puesto—no dado—, colocado precisamente
en el centro de la planta del pie izquierdo. Un 47111 que no
es mío, que determina mi pertenencia a otros, a otra cosa que
debo buscar. Hay una cierta apatía en mí y una lenta urgencia
de saber a qué mundo he nacido.

Me recosté en el asiento y traté de rastrear estos rápidos flujos
de consciencia que atravesaban mi cerebro de tubos plásticos.
Sólo hacía cuarenta y ocho horas que estaba viva. En el pie:
ninguna sensación rara. Como si el número no existiera. Los
chinos: acupuntura-acupunción. No dolor. Anestesia fría.
Número y pie en el zapato. Caminaba por uno de los pasillos
desolados del hospital. Me encogí de hombros como tres veces,
qué hacer, resignarse. Pero la resignación molesta. Se cansa uno
muy pronto. Se cansa uno de volver a lo mismo. Se cansa uno

de que lo automaticen. Y si fuera yo, yo-ser individual-único-de mí? Peor. O tal vez no. YO de mí y no en alguien. YO de mí y no para nadie. Más desolador: para nada. Ahora, un juguete-conejo-conejillo de Indias atrapado en un laboratorio. Me llevan y traen. Y siempre, qué soledad. Estoy delante del mostrador. Me llevaron allí aquellos zapatos que una vez usé en Grecia, en todos los templos. En todas las arenas. En el mostrador: un timbre. Llamé varias veces. Veo los mismos archivos: allí me dieron de alta. La enfermera no está. Algo me dice que es inútil llamarla. Uno no se pertenece, pero está solo en el vacío. Es eso: vacío. Vacío. Vacío. Vacuum. La mujer llevaba un casco que traduje como *helmet*. Era mejor llamarle a aquello "helmet". Labrado. Metálico. Labrado en flores de lis. Cabellera vieja, rizada, oxigenada. Vieja no, antigua, como de los años treinta. Como de los años mil novecientos treinta y tantos. Lo que llevaba era, definitivamente, un uniforme. Al casco y la chaqueta les llamaría "romanos". La chaqueta: no metálica, color gris-ratón. Color ratón-gris. Con muchas escamas grandes. No, ojos de pavo real. O escamas. Y la falda, recta, austera, hasta la rodilla. Zapatos de tacón, negros, de piel. Y toda ella indiferente. Hecha. No nacida. No de piedras inorgánicas. Como la carne vegetal de Chile. Caminando por el pasillo-desierto-pulido en los zapatos de Grecia: "Como la carne vegetal de Chile. Vegetal. Como carne. Vegetal. Vegetal. Como".
Pasillos vacíos. Escaleras rodantes. No, rampas rodantes. Sin escalones. Un monótono traqueteo. No hay ruidos. Ausencia de

ruidos. Ausencia. Ausencia. Un nivel inferior. Rampa. Otro nivel inferior. Rodante. Un pasillo pintado en el suelo, o una larga alfombra, desemboca en la puerta. Se abre automáticamente. Tengo que salir. Tuve que salir. Salgo. Salí. Me detengo. Un parque. Calles. Todo desolado. Un mundo plástico. De materiales plásticos. No sé si la consistencia es como de goma. Parece hecho por Dalí. Busco aquellos relojes doblados. No me sorprendería que se convirtiera todo en un desierto de arena y apareciesen allí los relojes doblados. En el parque hay varios muros. Todo macizo, compacto. Nada vegetal, nada vivo. Varios pasillos laberínticos que conducen a varias puertas. Todas cerradas. No puede ser: el proceso tiene que seguir, no estoy en el frigorífico, apenas si me acaban de dar de alta. Un rectángulo, una oscuridad, una puerta abierta. Ya no pienso para tomar decisiones, las tomo, me encamino. Oscuridad. El túnel. No presa. Había salida. Avanzo. Como si el piso fuera rodante. No hay miedo. Avanzo. Oscuridad. El túnel. Dará a algún lado. Pronto. Muy pronto. Dará a algún lado. Oscuridad. Espesura. Luz. Me empujaron. Me pujaron. Salí. Un pequeño vestíbulo. Pequeños recintos, como los probadores de las tiendas. En el tercero de la derecha, un número: 47111. Entré. Allí estaba mi uniforme. El mismo color. Las escamas-ojos de pavo real-gris ratón. Pero no había casco. Me alegró. Conjeturas: no soy empleada pública. La falda corta, plisada y unas sandalias abiertas que quiero llamar "romanas". Vestida con aquello. Disfraz-uniforme: mi nueva piel. Otra vez: sensación de pertenencia. Soy mi número, quizá no soy mi número, pero soy mi uniforme. Nuevas instrucciones: puedo conservar mis gafas de sol y aquella cartera que siempre llevé al hombro . . . colgante . . . y aquellas tiras largas . . . la bolsa . . . piel negra . . . al nivel de mi mano. La volví a llevar como siempre, colgando del hombro hasta la altura de la cadera y la tocaba con la mano como si fuera un arma, una ametralladora, mi protección. En mi cartera, el llavero. Lo saqué rápido, era mío, era yo. Las llaves verdes y una de aluminio. Los vitrales brillaron raros en aquel sol extraño. Pero las letras no: siempre, Sagitario.

Me empecé a preguntar cómo serían los besos. Me empecé a preguntar cómo serían las funciones del cuerpo. Me sentí vegetalizada y recordé la angustia de cuando vivía en mi última piel: yo era humana y toda la vida que me rodeaba era vegetal. Ningún ser humano pasó hambre por mí, de mí. Y la necesidad de entregarme se repartió en los resquicios polvorientos de los libreros. Continué caminando y llegué, indudablemente, al centro de la ciudad. Hombres con altos delantales de cuero. Movimientos de muñecos animados. Giuseppe, el zapatero de *Pinocchio*. Podría escogerse cualquiera. Todos eran parecidos. Todos eran iguales. Artesanos. Como muñecos. Como si su artesanía fuera una forma de darse cuerda para seguir. El lento movimiento, la artesanía. Las mujeres: moño en la nuca. Delantales altos. Cestas. Ayudantes: ayudan a los artesanos. Fracasó. Terminó fracasando aquello de la liberación de mujeres. Pero no: aquí no hay supremacías. Es cuestión de medir las fuerzas físicas: a cada quien el trabajo que pueda hacer. No se miran. Nadie se mira. A nadie le importaría que Sócrates murió envenenado. Nadie se pregunta si se cepilló los dientes antes de la cicuta ni qué cepillo usó. D.C., A.C., letras, sólo letras. No hay nacimientos. No sexo. No pasiones. Lo sé por mí, no hay regreso posible. Vegetal, todo vegetal. No se está perdiendo: se perdió. Y pensar que en California empezaban a defender a Safo. Y había orgullo en declararse: "Soy". Pero todo aquello era un reto. Una revolución. Un reto a la hoguera inquisitorial. Era una lucha extendida a otros estados y a otras ciudades pero sólo sé de California. Y una poeta le escribía poemas a otra mujer: *to a handsome woman*. Y todo esto era un reto. Y era una lucha. Y eran gotas de agua en la gigante llama de la hoguera. Inútil. Todo inútil. Todo es unisexual. No: asexual. Mecanizado, vegetalizado.

Conjeturas: tiene que existir una memoria múltiple. Una íntima, mía. Como mis llaves. Otra, común a toda la humanidad. Conjeturas: he conservado un poco de ambas. Esta sección de la ciudad: artesanía. La siguiente: libreros gigantes colocados en zonas de aparcamiento, a ambos lados de la calle. Todas las cubiertas de los libros son de nácar. No: plásticas. Abrí uno: no había letras. Botones. Sólo botones. Y al lado de cada botón, la referencia: junio, 1973. Apreté el botón. Aparecieron en una pantalla noticias sucesivas, rápidas, que inmediatamente identifiqué como las últimas de mi tiempo. Cerré el libro. No quise saber más. Seguí mi marcha.

La próxima: sección administrativa. Todos los edificios eran capitolios. Había diez. "Capitolio legislativo". Entré. Un vestíbulo. Otro. Pasillos largos, pulidos, interminables. Puerta. Pasillo. Desemboca en otra puerta. La gran sala legislativa. Ciegos. Todos ciegos. Sin uniforme. Habían hecho filas. Filas incansables hasta que les llegó el turno de sentarse. Llegué poco antes de que comenzara la sesión. Escogí el que me pareció el mejor asiento. Me recosté y traté de rastrear estos rápidos flujos de consciencia que atravesaban mi cerebro de tubos plásticos. Había andado por este mundo desde hacía cuarenta y ocho horas. Los ciegos desfilaban guiados por sus perros, amparados por sus bastones. En la parte delantera de la sala, una mesa pequeña con un micrófono. A la derecha, una larga mesa como de banquete, donde antiguamente se sentaban los legisladores. Un poco más arriba del nivel de la vista, había retratos de cada uno de los legisladores. Un poco más arriba. El nivel de la vista. Un reintegro uniformado guió al primer ciego. Tanteó el micrófono y empezó a acariciar las letras en braille como si tocara el piano. Su queja fue prolongada, honda, en eco. Barba larga. Bastón. Mirada nebulosa y rotativa. Ojos inmensos, hundidos. Patricio. Se me antojó añadirle 'el patriarca'. Patricio, el patriarca. El nombre le venía perfecto. Su proposición: "No es justo que hayan abandonado el esfuerzo de fabricar ojos artificiales. La industria de los otros órganos se ha perfeccionado. Los señores legisladores saben que ya no es cuestión de contar con trasplantes. La donación de órganos terminó al iniciarse la época de los reintegros en la que sólo los ciegos hemos quedado incompletos. Los que trajeron sus ojos naturales los podrán perpetuar. Y nosotros?" Se levantó lentamente. Admiré la sabiduría de su andar y la dignidad con que se apoyaba en su bastón. Patricio, Patricio el patriarca. Le siguió una ciega de vista extraviada y rotativa. Acariciando siempre su braille. Inteligente. Brillante. Mente legislativa. Le entregaría yo una constitución en blanco para que la escribiese. Derechos civiles. Pero sobre todo, es que aún no lo saben? DERECHOS HUMANOS. El tercero: profesor de una universidad. Ciego. Ciego. Ciego. Se rió de la estupidez de los hombres. Recordaba que en el último tercio del siglo veinte ningún camarero quería servirle un trago por 'salvar su responsabilidad'. Ciego. Era ciego-ciego. Y se rió de todos los camareros. Tenía fe en que los reintegros fueran más inteligentes. Derechos civiles. Pero por sobre todo, es que aún no lo saben? DERECHOS HUMANOS.

Sonó un timbre que declaró cerrada la sesión. De cada retrato. De la parte inferior de cada retrato salió un largo pergamino. El vocero los recogió y los colocó sobre la mesa de banquete. Uniformado. Voz monótona. Empezó a traducir: promesas sin fundamento. Conjeturas: esto no había cambiado. Indiferencia. Los ciegos. Fueron desfilando. Dignamente desvalidos. No pude resistir la tentación de darle la mano a Patricio. Prometí grabarle algunos de mis versos. Me dijo que una vez estuvo en Chile.

Bajé sola las escaleras de mármol. Calles desoladas. Noté entonces que no había ni restaurantes ni tiendas de comestibles. Ni yo tenía hambre. Ni sed. Seguí calle arriba. Desembocadura en un subterráneo. Al acercarme se abrió la verja. Un billete. Luces amarillas, extrañas. Todo desierto. Conjeturas: tiene que haber una sección fabril donde se fabrique la tela gris-ratón. Conjeturas: soy un ser pensante. Sólo eso: pensante. Aquellas raras luces amarillas. Se aproxima la locomotora. Fantasma de hierro negro. El asiento no está mal y no hay nadie que moleste. Conjeturas: esto debe llevarme al Frigorífico del Este. No está mal, ir al Frigorífico del Este. El tren se detiene. Salgo. Conjeturas: si hay carros quizá sean 'modelo T'. Siempre me gustó el 'modelo T'. La estación: una cápsula. No, no es el Frigorífico del Este. Un gran cartel: ALMACENAJE. Piso la estera roja: la máquina escupe un billete: "Reintegro 47111. Nicho 72. Horas de almacenaje: jueves, 20:45 a viernes 8:45. Viernes: salida B, 8:45. Destino: Sección de artesanía". Evidentemente aquí no hacen planes a largo plazo. Evidentemente, día a día. Algún naturalista le llamaría a aquello 'colmena'. Pero todos los nichos eran de granito. Me fue fácil encontrar el nicho 72. Me fue fácil aceptar la existencia de todos aquellos nichos ocupadas con reintegros inmóviles. Me fue fácil aceptar que no eran las tumbas de Carlos V ni de Felipe II. Me estiré en mi nicho que encontré frío y protector. A mis pies: mi bolsa-cartera de piel negra. Las llaves. Carecía de importancia que aquellas llaves no tuvieran uso: seguían siendo mías. Con apacible asombro reconocí en mí la antigua capacidad de sueño. Aún podía dormir, sólo eso importaba. Siempre nos queda *algo*. Esto me animó a integrarme. Siempre nos queda algo: el llavero. Un redondo medallón: Sagitario. Una llave de aluminio: Sagitario. Una cadena: Sagitario. Y yo un completo y absoluto 47111.

EL DESFILE

El hombre tenía la gordura exacta de Sydney Greenstreet y la molicie de Peter Lorre. Pero le faltaba el cinismo, y el asombro en los ojos. Estaba echado, con su monumentalidad grasienta, sobre una silla de tijera colocada en la parte delantera de la platea que quedaba al aire libre, dejando atrás las demás lunetas vacías, nítidamente colocadas en un anfiteatro con piso de cemento. El hombre hundía distraídamente el borde de la suela del pie derecho, en el fango que formaba aquella franja de tierra. Estaba solo, abandonado, y se miraba de cuando en cuando las uñas de las manos, sin que esto tuviera objetivo alguno. Sabía que alguien lo había llevado allí y aguardaba sin impaciencia, sin resignación, sin esperanza. Dejaba pasear la vista en la oscuridad de la noche. Llevaba saco y pantalón de dril blanco, camisa fina, de hilo. Traspasado de un sudor que se enfriaba en la caricia de aquella brisa extraña. La frente ancha, besada por algo que resultaba humillante. Quizá por el hecho de que había sido arrastrado a aquel lugar a pesar de sí mismo. A pesar de que sabía que todo era inútil. La luz, amarilleada, color siena claro, empezó a deslizarse lamiendo en rectángulo el espacio que se extendía delante de él. Luces fantásticas, adormecidas en tintes antiguos violaban la tierra para formar un escenario. Del ángulo izquierdo comenzaron a salir, como en una bocanada amarga y triste, todos los personajes que componían el desfile. Estaban tocados de aquella misma luz extraña y avanzaban con un paso de charleston, hermanados en un ritmo indefinible y lejano. Aquellas mujeres en sus vestidos de seda, de talle largo, infinitamente largo. Una banda en la frente. Cabellera rizada, pegada al cráneo. Los hombres, con sombrero de pajilla. Personajes salidos de todas las películas silentes que habían corrido por todas las pantallas hasta 1928, ese año en que esperaron, irremediablemente, la muerte.

El hombre recogió con la mano ahuecada, el sudor de su frente. Automática, lentamente, fue halando del bolsillo del pantalón, un pañuelo ennegrecido por el churre, arrugado por el peso de las llaves y unas monedas que manoseaba en la tela abombada del bolsillo. Se llevó el pañuelo a la frente, varias veces. Y se sintió caer en una especie de estupor. Como si todo hubiera cesado. Como si todo se hubiera detenido. Se sintió la vejiga llena y quiso orinar. Reconstruyó delante de él, imaginariamente, aquel pasillo que iba de su habitación al baño y que él atravesaba varias veces en la noche, cuando se despertaba sudando, los ojos fijos en el techo, inmóvil, estático, hasta que se decidía a sacar una pierna de la cama, la otra pierna, sentarse, incorporarse. Y pensar, mientras iba por el pasillo, por qué tiene uno que despertarse a la muerte. Cómo es posible que uno pueda caminar pesadamente, arrastrarse en la noche, ahogándose en el vacío, cuando todo ha muerto dentro. Mientras oía el chorro, se asombraba del milagro de orinar. De funcionar mecánicamente, arrastrando en los pies, la pesada gordura de su cuerpo.

Los personajes fantásticos siguieron poblando el rectángulo iluminado. Desde su asiento, quiso el hombre grueso extender la mano, como para llegar, como para asirse a aquella rara forma de vida que desfilaba delante de él. Pero permaneció inmóvil, sudando, como un animal grasiento. Casi se podría decir que identificaba cada gesto de aquellos seres: el parpadeo de los ojos enmarcados en líneas de carbón, bordeados de ojeras grises, profundas. Los movimientos eran rápidos, como convulsiones logradas por la proyección acelerada del celuloide. Pero había otros gestos reservados a expresar hondas emociones, que se hacían lentos, prolongados, detenidos en cada punto de su intensidad.

En el traje blanco se hacían obvias las grandes manchas de sudor en las puntadas de la sisa, en el antebrazo de tela, en las costillas de dril. El hombre fue sintiendo su intolerable pesadez, como si su cuerpo le impidiera moverse. Había llegado un momento importante que no atinaba a reconocer. En los grandes ojos de animal enfermo, algo empezó a molestarle. Una cauterización. Como si le quemaran el centro mismo de la mirada. Una luz. Alambres hechos de luz. Alambres que formaban una figura. La figura de un hombre. Un hombre eléctrico. El mismo hombre que lo había conducido a aquel sitio inexplicable. Lo miró fijamente, con una curiosidad lenta, rayana en la idiotez. El personaje etéreo y luminoso comenzó a dibujar una dolorosa expresión de angustia. Una expresión de angustia que estaba al margen de aquel ser grueso e inmóvil, pero que a la vez, le pertenecía. Y cada vez más sintió que había algo en aquel ser que era, tristemente, suyo. Como si fuera su propia energía proyectada delante de él, invitándolo a participar en aquel desfile que estaba destinado a desaparecer con esa brevedad que nos va sembrando espacios de muerte. De eso. Tal vez de eso se tratara: de sacarle esa muerte que se había acumulado dentro de él. De convencerlo de que a una pérdida tiene que seguirle, necesariamente, una compensación. Una compensación. Hay que vivir. Hay que vivir para esperarla. De convencerlo de que todo se equilibra.

La visión fantástica y luminosa le indicaba, como si fueran lugares que uno localiza y señala en un mapa, el equilibrio perfecto de los personajes del desfile que avanzaban en movimientos bruscos, rápidos, como de marionetas, pero proyectando a la vez la intensidad de sus pasiones. Una intensidad que los salvaba de ser marionetas. El ser luminoso abría las manos en abanico, separando los dedos hechos de ramas secas, incandescentes. Intensificó, de pronto, la angustia de su gesto y emitió un eco: "La salvación es el equilibrio entre el automatismo que nos aprisiona y esa vida recóndita que se llama dolor".

El hombre grueso, deformado por la obesidad, había comprendido. Había comprendido desde mucho antes de haber escuchado las palabras de aquel relámpago eléctrico humanizado por la angustia. Por supuesto, había comprendido, pero no logró sentir nada. No logró reaccionar. Autismo. Autista. Maldición. La maldición sobre sí mismo. Sin salvarse. Aquel hombre luminoso: fracasado. Dolía en el aire ese fracaso. Dolía en la atmósfera. El hombre grueso: autista. Sin cal para moverse. Vegetalizado. Inclinó un poco los ojos como Sydney Greenstreet. Ausente de cinismo, comenzó a abrazarse las manos como un niño castigado. Y una luz, como la de su habitación, como la de aquel pasillo por el que se arrastraba en la noche, cayó de pronto, apoderándose del espacio desolado que lo rodeaba.

MI CORAZÓN PARA LOS NEGROS DE HARLEM

Somos robots, destinados a devorarnos a nosotros mismos en la venas de nuestra soledad. El cerco se levanta. Lo levantamos al canto de salmos de amor. Amurallamos espacio y espacio y espacio hasta quedar encerrados. Y mientras tanto, cantamos salmos de entrega. Nos asfixiamos en el espacio vacío construido cuidadosamente sin ventanas. La falta de luz y aire nos alimenta de muerte. Y cantamos salmos de entrega. Estamos en el iglú penetrado de ausencia. Ladrillos, ladrillos, como una colmena abombada sobre nuestra cabeza. La cápsula que construimos con los dientes aferrados a la tierra, cerrando el paso de los demás. Nuestros bolsillos, llenos de golosinas para engañarnos. Sacamos una: "Amo a la humanidad". Sacamos otra: "Amo a los lisiados de Vietnam". Sacamos otra: "Mi corazón para los negros de Harlem". Hemos cumplido. Podemos ya irnos a otras tierras. A la estación de la Costera Criolla y pararnos como idiotizados dejando jugar la mirada entre tantos micros que como animales dóciles esperan la salida. Vamos hacia el Sur. Contamos en la noche los pebetes y cafés consumidos por el colectivero. Dejamos que la radio invada el ambiente de boleros dulzones. Llevamos la frente picoteada de cuervos. Belgrano, Palermo, la Torre de los Ingleses, la avenida del Libertador. Y aquellos ojos transparentes y profundos golpeándonos la espalda. Golpeándome la espalda. Todo desolado en Mar del Plata: el casino, el monumento a Alfonsina. Y detrás del monumento, algo que nos rompe el asombro como una cachetada: "Hotel y restaurante Storni: Tome Coca-Cola".

Regreso. Costera Criolla. Salida. Y de pronto, en Florida y Lavalle.

Decidimos-decidí-decidió dejar el iglú. Integrarse. Hacer posible el sueño de Sturgeon: ser el primer humano del futuro, compuesto de otros seres. "Leer a Sturgeon. Es necesario leer a Sturgeon". Resonaban las palabras en sus oídos como un eco de guru. Integrarse. Integrarse a los otros. Integrarse a *un* ser humano. Romper la cápsula. Pulverizar el iglú. El iglú importado de Norte América, USA, y hacerlo trizas en la avenida de Mayo.

Desintegrados todos los átomos. Pulverizada la cápsula. Libre. La ciudad de luces. Libre. Deambuló en el aire húmedo de la noche. Belgrano, Palermo, La Torre de los Ingleses, avenida del Libertador. El Barrio Once. Deslizarse hacia el filo de la navaja en busca del guru. Ir a su encuentro. Romper la rebeldía de la noche.

Desconcierto. El guru. Una cápsula. El guru en una cápsula a hechura y semejanza de la suya. De la suya pulverizada en la avenida de Mayo. La cápsula del guru: sin ventanas. Golpes. Golpearse los nudillos. Sentir la hinchazón adormecida de las articulaciones. Llamando. Gritarles a las paredes sin ventanas. Silencio. Aislamiento. Rodeó la cápsula repetidamente con paso cada vez más incierto. Un cartel. Letras negras nítidamente dibujadas en la madera blanca. Como ésas que se usan para "No pisar el césped". No quiso leerlo. No se conformaba con palabras. Había venido decidido a enfrentarse a la mirada transparente y profunda del Maestro. A decirle que podía integrarse, que podía ser parte de él, que había roto las barreras de la soledad. Bordeó la cápsula con paso incierto, hasta que la luz del amanecer comenzó a dibujar, con toda su transparencia, el cuerpo desolado de las casas, de las calles, impasibles ante el hormigueo de los vehículos. Se detuvo involuntariamente ante el letrero y leyó, como en un idioma que no entendiera: "Leer a Sturgeon".

Regreso. Braniff. Vuelo 901. Aeropuerto Kennedy. El mismo paso por las aduanas. Las mismas caras en inmigración. Un viaje sin incidentes. Reclamo de valijas. Una anciana arterioesclerótica empeñada en que acababa de llegar a Ezeiza. Gritando a viva voz que le trajeran un colectivo para ir a Belgrano.

Salida del aeropuerto. Tomó un autobús que lo condujo a su pueblo. Le sorprendió el paso de los meses sentado en su habitación, meditando. No todo estaba perdido. Era libre. Tenía que usar esa libertad para cambiar el rumbo de su existencia alacranada en el aislamiento. Si las puertas de *un* ser humano estaban cerradas para él, por qué no darse entonces a toda una raza? Una raza. La raza sufrida. Los negros. Los negros de Harlem. Se sucedió una etapa de viajes vertiginosos y repetidos al corazón de Manhattan. Estada en el hotel Sheraton. En el Hilton. Recorrer los espectáculos de Broadway: "Violinista en el tejado", "Cabaret", "Aplauso". Caminar hasta el cansancio por la Quinta Avenida. Y terminado el fin de semana, regresar a su pueblo tomando la avenida de Madison que conduce a la carretera. Y al adentrarse en Harlem, asegurar todas las puertas del carro, cerrar todas las ventanas, para no contagiarse de aquella sub-humanidad. Y al hacer examen de conciencia, decirse que no había sido tan malo con los negros. Que una vez invitó a unos africanos a su casa a quienes dejó comer en los mismos platos de su vajilla. Había además, criticado la forma indigna en que presentaban a los negros en las películas de Hollywood. También había gritado un par de veces que los negros no debían sentarse al fondo en los autobuses. Y deberían de dejarlos entrar al baño en todos los restaurantes del Sur. Y eso bastaba. Siguió caminando por la Quinta avenida por amor a los negros. En el Hilton: por amor a los negros. En Broadway: por amor a los negros.

En uno de los incontables regresos a su pueblo, se desvió hacia Mount Kisco. Recorrió calles que no conocía. Hora de almorzar: buscaba un restaurante. Se adentró en la calle William sin mirar apenas a su alrededor. Aparcó el carro cómodamente en un amplio espacio junto a la acera. Caminó unas cuadras y empezó a notar que estaba en un pequeño Harlem: un barrio de negros. Retrocedió sobre sus pasos aceleradamente hasta sentirse de nuevo seguro en la privacidad del carro. Fue atravesando calles hasta encontrar una cafetería de lujo en un barrio de blancos. Se dirigió lentamente hacia la puerta. Antes de entrar, detuvo su mirada en la figura de un negro anciano que limpiaba el jardín recogiendo rítmicamente las hojas secas. Casi al unísono intercambiaron un "Buenos días" con una inclinación de cabeza. Aligerado el ánimo, se adentró en la comodidad del aire acondicionado, satisfecho de su magnanimidad. Inconsciente de la soledad que lo envolvía como círculos repetidos de una frialdad ártica.

EL VIEJO FRANK

Vivía en un lugar del Oeste y todos los que le conocían le llamaban el viejo Frank. Era solamente un pasaje, una leyenda sin importancia. Vivía, sin saberlo, en un mundo que no existía. Había borrado las líneas del mapa. Poco importaba ubicar su figura solitaria en un punto exacto. Lo único que importaba es que él insistía en que vivía en el desierto de Nevada. Como un recluso involuntario. Llevado allí por su último ademán de renuncia. El último pueblo que había visitado, hace ya años, fue Las Vegas. No para evadirse, como los demás. Sólo para convencerse de que no había evasión posible. Observó el cargamento humano en las ruletas, en el frenesí de las máquinas tragamonedas que lo perseguían como verdugos implacables: en las casas de juego, en las farmacias, en los hoteles. Había atravesado el panorama lumínico del Strip con su alegría falsa, con sus luces falsas. Punto y banca central donde los valores esenciales se negociaban en dólares y centavos a trueque de risas falsas, fantasmagóricas y grotescas en el insoportable calor de la noche. Permaneció asido a aquella órbita por unos días.

Se dejaba llevar como un muñeco roto. Hasta que un día se vació los bolsillos, dejó en la acera hasta el último centavo que llevaba y emprendió camino. No tenía noción de a dónde lo llevaban sus pasos. Se vio, de pronto, en la carretera. De cuando en cuando, algún transeúnte le ofrecía la comodidad del carro y andaba, con la mirada fija en la velocidad, sin decir palabra. Había perdido la noción del tiempo. Como si despertara de un sueño, tuvo consciencia del chofer de una camioneta. Intentó decirle algo, pero las palabras que pensaba no le formaban voz. Divisó de pronto algo que le pareció a lo lejos, una especie de cabaña, resto de un pueblo fantasma. Con un gesto dio a entender su intención de bajarse. La mirada ausente. El paso lento. Se encaminó hacia ella. La entrada formada por un marco sin puerta.

Nadie notaba su existencia. Aunque poco a poco se convirtió en una leyenda sin importancia. Visitado por vendedores viajantes que trataban de venderle tractores, cosméticos, pólizas de seguro, lotes en el cementerio, automóviles de último modelo. Y se asombraban un poco ante su silencio que muchas veces no eran capaces de notar. De cuando en cuando llegaba algún viajero a pedirle agua. Y se acostumbraron a la idea de que él estuviera allí, como esperándolos. El viejo Frank y su perro, Mickey. Nadie sabía de qué podían alimentarse, y a veces, por salir del tema de la temperatura, comentaban que Frank era un hombre misterioso, que se alimentaba de raíces, o que se pasaba días sin comer, como el Artista del Hambre, de Kafka.

Frank vivía en las historias de los demás, y podría decirse que inventó su propia historia. Sólo bastó conocerla a ella y después mantener su presencia a través de los años. Todo ocurrió en aquella ciudad extraña. Un encuentro que no debía de haber marcado el rumbo de su vida. Aquella mirada transparente y profunda. Su aliento de animal sano. Hablarle mirándole la boca, seguir de cerca la conformación de su sonrisa. Sentirse tocado por la magia.

Todo termina. Todo termina inexorablemente. Como si todo lo bello esperara siempre la pena de muerte. Pero desconcierta la rapidez con que cambian las situaciones. Desconcierta la irreparabilidad de los desencuentros.

Había vivido años de su juventud sin apuntar fechas. No apuntaba la de su nacimiento, ni la de la muerte de todos los hijos que no tuvo. Pero esto era mucho más que una fecha. Era un momento que se hizo viernes, veintisiete de julio. Cumplía con uno de esos compromisos con los que se cumple, tan inútilmente. Se veía rodeado de seres y comentarios que le eran indiferentes. Necesitaba llamarla para calmar la tensión que comenzaba a ahogarlo. Dijo algo de una llamada importante y se alejó unos instantes de aquellos seres ridículos y engreídos:

—Sólo para decirte que te extraño.

—Dónde estás?

—Con amigos. Pero algo falta. Aquí. En el ambiente.

No hacían falta otras palabras. Las últimas que se dijeron, aunque después hablaron muchas veces.

Sábado. Ambiente tenebroso y lúgubre: *Beowolf, Hamlet*. Como para enmarcar el desencuentro. Causas dolorosamente insignificantes. Las manos vacías. Sólo le quedaba la búsqueda. La búsqueda que ya nunca dejaría de marcar su paso. Buscarla sabiendo que no la encontraría. Buscarla hasta el absurdo: separándose de ella para conservar avaramente los momentos compartidos. Verla para sentir de cerca su ausencia. Para convencerse a sí mismo de que todo es inútil ante lo irreparable. Hasta que un día se alejó para siempre. Y siguió buscándola lejos, muy lejos. En otras voces que no eran la suya.

El viejo Frank, con su mameluco, y Mickey, tirado a su lado, con sus grandes manchas negras. No tenían que comunicarse. Se entendían. A las dos y treinta el viejo Frank abandonaba la cabaña con un gesto de alegría en los ojos. Mickey lo veía alejarse, sin moverse. Era el momento en que Frank necesitaba estar solo. Buscarla en los kilómetros vacíos de aquel desierto. Volver tranquilo con una paz que transcendía, que iba más allá de su cuerpo astral. Cada día iba eliminando terreno donde ya no tendría que buscarla. Sin darse cuenta de que el desierto era todo igual y carecía de marcas. Pasaría el resto del día rodeado de sí mismo, de su soledad. Al cerrar la noche, se sentaría en el corredor con la escopeta a su lado y se quedaría con la mirada fija en la vastedad del desierto, esperándola.

Mar del Plata
Agosto, '73

LA MUERTE DEL TIGRE

"Salvar el tigre," estaría gritando aún Jack Lemmon cuando fue a recoger el Oscar. Salvar el tigre. Se oyó decir esto una vez en el celuloide. Se recogieron firmas para salvar el tigre. Todo muy rápidamente. Cuestión de segundos. Más que nada, para seguir la moda de 'conservación'. Hay que conservar la naturaleza. Otra hermosa misión para Boy Scouts. Pero ya el tigre está muerto y no hay nada que hacerle a esta realidad que ha dejado de ser violentamente triste. El tigre no lleva su muerte a cuestas. Lleva su ausencia. Inútil congregarse en el Sunset Strip para pretender presenciar la muerte como un espectáculo. Se han cambiado los nombres. Algo tan básico como el léxico ha sufrido su transformación. Y todo tan natural. Como si un ejército de palabras hubiera ingerido arsénico para retardar el efecto y disimular una muerte violentada. El tigre caminaba muy lentamente. Con pasos que distaban mucho de obedecer a su voluntad. No sabía si la muerte de sus intestinos tenía algo que ver con la muerte de las palabras. Estaba seguro que no había ingerido arsénico. Que el último líquido que ingirió procedía de una botella de oporto. Con letras muy claras que había entendido muy bien y que recogían la marca: "G & D", envasado en el valle de San Joaquín y como para darle una nota íntima a la hermosa etiqueta, debajo de las palabras 'Tawny Port', habían escrito: 'Private Stock'. Sabía también que el alma de aquel ser humano que había tomado posesión de su piel de tigre, lo había abandonado. Y hasta podía puntualizar el momento: en el barrio chino de Los Angeles. Y si se esforzaba un poco más, el recuerdo le diría que quizá no fue muy lejos de la acera en la que tallaron sus huellas con el peso de su cuerpo, las más celebradas estrellas de Hollywood. Por supuesto que esta posesión resultaría hoy como algo sospechoso, un caso para exorcismo. Nunca reveló a nadie el misterio de esta posesión. A nadie transmitió estos raros monólogos de esa alma que llamarían 'en pena', pero que en realidad hablaba a veces con cierta serenidad. Más acertado sería decir que no hablaba, sino que sentía en voz alta. O mejor aun, que transmitía sin hablar. Siempre la misma obsesión, siempre el mismo grito ronco invocando el pasado. W.C. Fields, Mae West, Chaplin, Garbo, Tallulah. Que no volvían, que por qué no volverían. Algunas veces la precisión era embarazosa: que en 1974, a las cinco de la tarde, un veinte de abril, en el Merritt Parkway, sobrellamado carretera 15, norte-sur del estado de Connecticut, había sentido deseos de masturbarse. Que había pensado en la soledad de la carretera con un poco de desolación, que tal vez lo mejor sería morir en el momento de la masturbación en que todos los demás carros se hicieron borrosos y dejara de tener importancia el letrero que señalaba tramo a tramo, el número 15, repitiendo siempre, norte-sur. Eso era todo lo que sabía de aquella alma que lo había poseído. El momento hermoso de una soledad-muerte-masturbada. Su obsesión de W.C. Fields. Y después, aquella huida junto a las huellas de las estrellas de Hollywood: algo que lo había vaciado, como una descarga intestinal.

Sabía que su piel estaba hecha de rayas. Sabía que estaba caminando lentamente por el Strip. Sabía también que al aproximarse al cementerio de palabras, comenzaría a producirse su propia muerte. Sonrió y en su sonrisa sintió un poco de frío. Querían salvarlo. Aquello era como para reírse. Nadie puede salvar a un condenado a muerte. Y pensaba que en el fondo lo sabían. Lo habían visto sembrar los letreros en el jardín de palabras. Recordaba que cuidadosamente había dibujado estas palabras en el letrero que le parecía más hermoso: AMOR-AMISTAD. La caminata se hizo más lenta. Entró al cementerio por la abertura de las verjas. Y, como si saliera de otras voces, se dijo a sí mismo: "Ha vuelto el tigre". El tigre ha vuelto. Siempre vuelve el tigre. El eterno regreso. Como si tuviera que morir en un lugar exacto. En su letrero preferido vio el primer cambio de palabras. Las habían cruzado con marcas de una pintura que se le antojaba obscena. Debajo de lo que quedaba de amor-amistad, habían escrito: imposición-tiranía. Se dio cuenta más que nunca de que no podía salvarse. Todos morían de soledad. Pero cuando había intentado él sembrar algo tan simple como amor-amistad, se consideraba aquello como una intrusión tiránica, como una imposición inaceptable. En este mundo en el que todos han olvidado el arte de aceptar, de recibir, es preciso convertirse en un monolito más con piernas y brazos y movimientos mecánicos. Todo esto venía muy claramente expresado en los Estatutos de Derechos Humanos, apropiadamente sellados en un sobre de rayas azules. Y cuando los leyó, reconoció el momento preciso de su muerte y la forma en que iba a ocurrir.

Siguió avanzando en aquella tierra mullida y rica en minerales que ofrecía un extraño contraste con la muerte. Se estiró un poco sintiendo un placer sensual al reconocer los últimos movimientos de su piel rayada. Cesó en su intento de comprobar los demás letreros. No sintió ni siquiera curiosidad por ver qué cambios habían sufrido las demás palabras antes de morir. Las dos más importantes habían muerto. Eso bastaba. Estaban, además, registradas en los estatutos como algo venéreo, como una enfermedad contaminante que nadie quiere que le impongan. Apoyó lentamente la cabeza sobre sus patas delanteras estiradas en aquella tierra que podría ser fecunda. Y volvió a sonreír cuando el último frío le invadió la piel.

MENTA Y SIFÓN

Llegan los pasajeros en el tren que nunca llega. Llegan los
pasajeros que no son y existen. Llega la pasajera que está y no
es. Caminos solitarios. Raíles solitarios. Calor seco. Atmósfera
en que se siente el vacío. Todos delante. Ella detrás. Hablan de
sombreros típicos de algún lugar. Mantelería barata en Lisboa.
O mejor, en Cascais. El guía canta un Te Deum y a ella se le
desploma el ánimo de tedio. Si se callara. Si se callaran todos.
Ya casi ha podido apagar el volumen de las voces. El chofer, con
mirada triste de toro que va a embestir con su pobreza íntima,
pisa pesadamente el acelerador. El vehículo es un autocar.
Pero no es absurdo no llamarle tren? Los trenes son los únicos
transportadores de destinos sin rumbos. Para dónde vamos? En
autocar, a Cascais. Por qué vamos? En tren . . .
Cuerpo gordo, rechoncho, en forma de infladísimo balompié.
Viejote con cansancio de años. Arrastra las alpargatas. Se le ve
el olor a orine, aunque alguien dijo que es un viejo limpio y, en
realidad, acercándose a él, no apesta. Ojos de vaca degollada.
Pesadez de buey destripado. Cara rojiza-violácea de mejillas

nalgudas, fofas. Dicen—porque no habla—que vino a espiar. Ella no le da importancia a su espionaje. Reduce a cero su función. Se lo imagina cayendo de un quinto piso . . . si se cayera de un quinto piso echaría un bronco ronquido en catalán y al caer al suelo giraría pendularmente en su redondez volviendo a la verticalidad, cabeza arriba, ileso, y comenzaría de nuevo a mover pesadamente sus alpargatas.

Las hermanas. Secas. Invioladas. Vírgenes. Eternamente vírgenes. Español de Cataluña en la voz gangosa, masticada, de dientes postizos. Están hechas de paja, de mimbre, de vejez disecada. Tienen hijos. Dicen los viajeros que nunca tuvieron marido legal. Contradicción. Tienen que haber sido concepciones mágicas, ajenas a ellas. Durante el sueño, alguien tiene que haber tirado junto a sus cuerpos incapaces de desnudez, unas criaturas que creyeron haber parido. Cuando dicen 'mi hijo' la palabra suena como un estorbo en la mueca polvorienta.

Otras dos hermanas que recuerdan pesados jamones de Virginia. Jamones rubios, con gafas. Jamones con dos patas y dos brazos. Hablan sólidamente en catalán y ella no entiende. Pero si entendiera poco importaría, porque nada dicen. Voz firme sin transmisión. Jamones sorprendentemente capaces de una sonrisa gorda y carnosa. Jamones atragantados de manteletas portuguesas, de mantelería portuguesa. Felices transportadores de souvenirs destinados a reposar en algún viejo armario de Barcelona.

Cascais se hace interesante. Ella camina, camino, en una soledad que casi duele. Frente al mar. Las jamonas, las dos secas, el tiovivo-balompié-inflado, el chofer, y el guía traviesamente afeminado, febril, locamente afeminado, están regados por las distintas tiendas de Cascais. Todos son turistas. Todos guardan aún la emoción de haberles estrechado la mano a sus Altezas Reales en el Estoril. También les emocionó una especie de pelícano rosado y un mono que allí había. El tren-autocar fatídico ha desaparecido. Ahora son barcas, barcas de colores, la brisa del mar y las rocas húmedas. Y ese sabor a madera en la boca. Todavía puedo tocar con la mano aquel instante. Delante están las barcas y la brisa. Todavía está cercano aquel instante. La soledad se perfila, desplazándose hacia el horizonte. Todavía está ahí aquel instante. Aquel instante de Madrid en el que, entre menta y sifón me canceló la niña-virgen como ser humano. Todo porque le dije mi verdad. Desperté sus ansias de carne cruda. Caníbales. Todos caníbales en esta raza de dioses en que creamos a los demás a nuestra imagen y semejanza. La niña virgen, disecada en sus treinta y seis años, me entregaba, mientras sorbía una temblorosa taza de té, mi documento de destierro.

Al día siguiente, mientras subía al tren-autocar, con destino a Lisboa, me pareció que mi equipaje era un manojo de bultos polvorientos. Ese mismo polvo gris del camino, seco a pesar de la lluvia, que me rellenaba los pulmones. Pero no, todo era una pesadilla. Uno no muere simplemente porque los demás le condenen a muerte. La niña-virgen era un juez de paja. Disecada en sus recuerdos de la guerra civil. Me imagino que la guerra civil debe de haber sido para ella algo molestoso, algo como una abeja zumbante que se apartó del pellejo con un huesudo manotazo. Pero la niña-virgen no era verdugo. Ahí están las barcas. En algún lugar de Cascais está el guía afeminado probándose, tal vez en secreto, unas sandalias de mujer. Y las jamonas indigestándose de manteles. Y el espía, orinado y gordo. Y el chofer, con sus ojos de vaca. Ahí están las barcas. La humedad del aire. Las olas rompiéndose entre las rocas. Todo está, todo tiene que estar, aunque ya no puedo verlo. No, la niña-virgen es un juez de paja, pero no es verdugo. Las olas se callaron. Me sacudió el gran vómito. Se me desinflaron los pulmones y me vertí en una hemorragia de madera líquida.

Cascais

ANNIE

El zapato derecho tocó el tercer escalón. Ruido sordo. El segundo escalón. El primero. Y frente a frente, la vereda. El ambiente estaba nítido. El estrecho camino de tierra apretadamente apisonada, invitaba a recorrerlo. A lado y lado, gruesos árboles, con su carga tumultuosa de hojas apacibles, casi pastosas, en su carne verde. Una rápida mirada al cielo. Sólo para convencerse de que aún estaba ahí, como un telón pintado, al que se podía llegar atravesando rápidamente la transparencia del aire. Respiración. Respiraba. Sobre todo, se dio cuenta exacta de un momento en que expiraba el aire. Se detuvo, no para medir el camino, sino para reafirmarse en la idea de que estaba ahí, esperándolo. Había meditado largo rato desde que terminó de leer la última página de *Anna Kleiber*. En alguna forma misteriosa, Anna Kleiber se había hecho voz, circulación de sangre, alegría ahogada de tristeza, misterio y realidad evidente, esperanza devorada de pesimismo. Pero más extraño aun, Anna Kleiber, así, salida de las letras, era un ser que no se proyectaba hacia el futuro, hacia *su* futuro. Era un ser diminuto, una sombra disminuida por la distancia del tiempo, persistente y triste, que se alejaba sin desaparecer. Sabía que en algún punto de su vida estaba Anna Kleiber. Era cuestión de salir a encontrarla. Sintió bajo sus pies la solidez de la vereda. Dejaba atrás su casa hecha de viejos tablones. De tablones limpios, como si no tuvieran cargos de conciencia. Amontonándose sin presiones rígidas para formar esta casa apartada de todas las demás. Una casa que se *veía* reposar, en medio de la naturaleza.

Los pasos repetidos comenzaban a sentirse en forma de hinchazón en los pies. Poco a poco iba desapareciendo la sensación de seguridad que lo había lanzado a la búsqueda. Comenzó a sentirse desconcertado, desvalido. El sentido inicial de propósito se le perdía entre las manos. Era una realidad incoherente o al menos, imprecisa. Involuntariamente, con la punta del pie, hizo saltar una piedrecita que se lanzó hacia adelante. Siguió su trayectoria con la vista. La sintió golpear el suelo y dejarse caer, reposando entre la tierra. Levantó lentamente la vista y fue descubriendo una casa pequeña, pobre, limpia, cuyos tablones amontonados le recordaban la suya. No creía en símbolos. No creía que aquella piedra pudiera interpretarse como una estrella norte que lo llevara a su yo pequeño, a su yo niño. Se detuvo frente a la casa. Sintió el pie derecho cayendo sobre el primer escalón. El segundo. El piso del corredor. Aquella casa no era desconocida. Aquella casa lo esperaba. Se paró delante de la puerta y esperó. No tuvo que tocar. Una anciana negra, de pelo blanco recogido en trencitas que le cruzaban la cabeza, abrió la puerta. Su actitud era apacible. No fue necesario intercambiar saludos.

—Te esperaba.

—Y Annie?

—Has llegado tarde. Qué malo debe ser para ti saber que has llegado tarde.

—Y Annie? Quién es Annie?

—Annie ha vivido desde siempre a tu lado. Desde que naciste. Comenzó, comencé a recordar que aquella vieja vendía billetes en aquel pueblo donde nací. Reconocí su forma de vestir. Limpia. Su bata larga. Las listas de lotería. Y Annie jugando en el suelo, a los yaquis. Annie, siempre Annie. Para ella, todas las preferencias. Recordé por un instante la explicación que me daban: yo me conformaba con todo. Esto lo especificaron nuestras tías repetidamente. Primero había que comprarle las cosas a Annie porque yo era conforme. Nunca pude hacerles comprender que no gritar a viva voz no significaba conformidad. Pero seguíamos reconociendo que éramos hermanos. Tal vez porque así nos lo recordaban nuestras tías con aquello de que "los hermanos deben ser inseparables". Además, las caras enlutadas de aquellas dementes del honor nos unían en secreta rebeldía contra ellas. Sobre todo cuando gritaban enloquecidas: "Han mancillado el honor de la familia". Después de esto sabíamos que nos castigarían encerrándonos por una semana. Pero nunca pude comprender si esto les restituía el honor. Quizá porque nunca me dijeron qué era el honor ni con qué lo habíamos mancillado. Nos recluíamos entonces en el estudio y dejábamos correr los días jugando incontables partidas de canasta, las cuales, casi siempre,

Annie ganaba. También, a veces nos reíamos recordando los rostros enloquecidos de aquellas enlutadas del honor. La rigidez obsesiva de las locas se hizo cada vez más asfixiante. Insistían en que Annie tenía que refinarse para comportarse como una dama, como una verdadera dama, si algún día la convidaban a un banquete. Nunca comprendimos por qué eran tan importantes los banquetes ni por qué había que vivir para prepararse para los banquetes. Sólo recuerdo que Annie, cada vez que las oía, se comportaba más vulgar y grotescamente.

Café con leche y pan. Desayunábamos. Annie me dijo: "En estos días voy a casarme. Con cualquier extranjero que me saque de al lado de estas brujas". Dos semanas más tarde Annie salió de nuestro pueblo para siempre, con su marido. Tenía entonces dieciocho años. Durante toda la boda las brujas lloraron porque "no era decente casarse con un extranjero que no era ni siquiera rico y aristócrata". Annie asistió a su propia boda como si hubiera asistido a una boda ajena. Y al abrazarnos, lloramos. No por la emoción del evento sino porque de repente, sentimos, desgarradora, la separación que se avecinaba. Una separación que sería definitiva.

Supimos de Annie con frecuencia durante los seis primeros años de su matrimonio ejemplar. Después las cartas se espaciaron hasta que dejamos de recibirlas. Alguien nos informó de un cambio violento. De las salidas de Annie a los bares más bajos y deprimentes. Se fue alejando de los hijos, del marido. Se ausentaba de la casa por unos días. Frecuentaba los muelles obsesionada por los barcos mercantes, por los marineros. Dejándose llevar por la amarga alegría de creerse por eso más mujer, más bella. Cualquier cama, cualquier bar, cualquier hombre.

Intuí desde siempre, esa fuerza incontrolable que la arrastraba hacia su propia muerte, y me sentí demasiado al margen para intentar detenerla. Traté de desentenderme, de olvidar, de olvidarla.

La anciana dejó la puerta de par en par, pero no entré.

—Y Annie? Está muerta?

—No. Está en el bar de María la Grande, a tres kilómetros de aquí.

No tuvo que decir nada más. No hubiera sido necesario que me dijera que Annie no era ni su sombra, y que todos decían que cualquier día "se empujaba un pomo de pastillas".

Regresé por la misma senda, humedecida un poco por el aire de la tarde. Me pareció acogedora mi casa, y confortable el viejo sillón donde acostumbraba a leer. Toqué distraímente—la mano sobre la mesa—, el bulto de aquel libro. *Anna Kleiber*. Fijé la vista por unos instantes, en el libro, en el título. Hasta que decidí colocarlo de nuevo en el vacío que había dejado en el estante. Por qué esta paz tan grande? Qué me daba derecho a sentir esta paz tan grande? Tal vez la certeza de saber que me era imposible detener su muerte. Quizá la esperanza de intuir el momento de su muerte y pensar que moriría sintiendo mi ternura. O quizá, porque aquella tarde había recuperado a Annie. Y obsesivamente, me venía su imagen pequeña, jugando yaquis, con su bata rosada, en aquel piso de mosaicos árabes.

EL CHARCO

En la fila, Laurita otra vez en la fila, con sus seis años, sus ojos niños como tazas de café, la boca regordeta y suave; delante y detrás, uniformes blancos y zapatos colegiales; ya le comienza ese ardor, el placer incontenible: todos los días a la misma hora, en la fila, delante de los demás, el líquido bañándole la pequeña herida del sexo para seguir el recorrido hacia abajo, serpenteando entre muslos apretados hasta empapar las medias, los zapatos, hasta formar el charco de transparencia amarillenta en la acera; dar ahora unos pasos hacia adelante, hacia atrás, cambiar de posición en la fila para que los Grandes se equivoquen al investigar el charco; pero ya saben su historia y la mano enorme de la monja le alza la mano regordeta y pequeña; y siempre el susto al ver venir a la monja con pasos espaciados y rápidos, el aire inquietándole el velo preñado de oraciones y la mano grande y la pequeña, en movimientos ascendentes-descendentes y nerviosos; y siempre lo mismo, pero niña, por qué te has orinado otra vez, ahora mismo, al baño, a lavarse, y a tu madre se lo voy a decir, pero niña, por qué tienes que orinarte todos los días; y la queja de la monja, y ya sé que la monja va a dar la queja y en la casa me esperan los ladrillos que mi mamá calienta para que me siente en ellos porque el médico se lo dijo, que es un frío que tengo por allá dentro, y yo me quedo tranquila en los ladrillos calenticos porque así me lo dice mi mamá; y al otro día me voy caminando para la escuela, abrazando los libros, y las clases y la hora del recreo y los juegos y las clases y la hora de salida y la fila y creo que me voy a orinar; y la monja viene a vigilar, Laurita, te estoy mirando; pero ya el líquido caliente serpenteando la pequeña herida, recorriendo los muslos apretados, las medias, los zapatos, hasta hacerse charco en la acera.

GRAND CENTRAL

Se escribe un poema en prosa. En las paredes, en la alfombra. Las letras van cayendo en el apartamento vacío y en un premeditado descuido se alargan flexibles, voces visibles, las vocales abiertas de tu nombre. Tu nombre . . . tu nombre . . . tu nombre . . . Y el cansancio de mi voz sueña la realización de tocarte. Sueña, sueña, el sueño, sueño. Tu mano pegada a la ventanilla y el sonido del motor que me separaba de ti. Grand Central. El movimiento del tren. La noche fría y misteriosa. Se alejaba la plataforma. Y tus pasos . . . y tus pasos . . . Tomarías el metro, el subte, y en la cuarenta y dos, el shuttle, shuttle-train en el vientre de la tierra. Salida-exit, las escaleras, el aire frío de la calle, respirarías bocanadas de sombra. Tu mirada un tanto triste, buscaría la estación final, Port Authority. Tu autobús-autocar, hacia el oeste. El túnel, tu pueblo. Mi tren seguía dando pitazos en la noche. Hudson Line, buscando las aldeas del norte. Las luces de neón demasiado brillantes para la nostalgia de mis ojos. A mi lado, una mujercita rancia, anticuada, como salida por sorpresa, de un antiguo baúl. Despedía un desconcertante olor a naftalina.

Una boina desteñida, una pluma en la boina. Los dientes protuberantes. Un hoyuelo en la comisura del labio. Se sonreía a menudo y la sonrisa se le marcaba en el borde de los ojos, como si hubiera cometido una diablura. Que había mucha gente en el tren y yo que sí, que había mucha gente. Que trabajaba al cruzar la calle, al otro lado de Grand Central. Que era muy fácil tomar el tren: sólo atravesar la calle. Que podía tomar el tren de las 6:20 pero tomaba el de las 8:30 porque su trabajo se hacía demasiado interesante y no podía dejarlo. Que se absorbía y se apegaba en forma tal a su trabajo que le era literalmente imposible dejarlo. Y yo que en qué consistía su trabajo y ella que llevaba libros y que los números la transportaban. Que le resultaba difícil irse de los números pero que además era poeta. Que el poeta debe escribir claro y sin enredos, como el poemario de cincuenta páginas que ella escribió sobre un canario y una canaria que tuvieron varios pequeños canarios. Y cómo el canario y la canaria enseñaron a los pequeños canarios a volar y los pequeños canarios volaron de la jaula. A vivir su vida. Y que la casa editorial donde envió el poemario dijo que a ellos no les interesaba la ornitología. Y que lo envió a una sociedad que sí se interesaba en pájaros y le dijeron que no les interesaba la poesía. Y que por esto no se había publicado el poemario. Y yo que si ella escribía poemas de amor y ella que diez en honor de su difunto esposo. Me pareció raro oír que se escribieran poemas en honor de alguien y se me antojó imposible que en aquellas carnes secas hubiera penetrado el amor. Y ella, que además de los diez poemas al difunto le había escrito cincuenta poemas a un enamorado que tuvo por cuatro años pero que hacía un año ya que no lo veía. Y yo midiendo la sequedad de su carne y las líneas marcadas de su rostro, aquel pellejo que desganadamente cubría sus huesos y me era imposible asociar aquel tragi-cómico-traste-antiguo con el amor. Y yo, que también era poeta y que escribía extrañas narraciones y ella, que ella sabía que mis narraciones eran oníricas y me enseñó los dientes—hoyuelo en la comisura del labio-chispa-sonrisa en el borde de los ojos—y yo que sólo algunas eran oníricas y ella que ella tenía cientos de poemas y algunos los había publicado en una revista que solía editar hace años, de la Asociación de Tejedores y que algunos miembros de la asociación la felicitaron por sus poemas, pero otros no. Y que ella no tiene un título universitario porque quién lo necesita. Y yo, que yo lo necesito a pesar de mi alergia a los títulos universitarios. Y ella que todo es culpa de la burocracia y yo que sí. Y ella que había asistido tres años a la Escuela de Medicina pero no siguió porque quién necesita un título: que se queden con él. Pero que sí trabajó unos meses en un hospital con pacientes que tenían problemas mentales y yo que si era analista y ella que no, que les enseñaba a tejer cestas de mimbre y yo que por qué lo dejó y ella que los pacientes la querían y que querían aprender a tejer pero todo por culpa de la burocracia. Y yo que qué le hizo la burocracia y ella que sobre todo las enfermeras y que ahora estaba bien con los números y que sólo tenía que cruzar la calle. Y que había sido una gran alegría haberme encontrado en el tren, que nunca se sabe. Pero que tenía que bajarse en Riverdale. Y que cuál era mi nombre y lo pronunció varias veces y que ella se llamaba Cecile y se quitó el guante y me dio un apretón de manos y se bajó antes de llegar a Riverdale.

La estación de Scarborough estaba fría y solitaria. Al salir del tren miré a mi alrededor buscando otros pasajeros, pero nadie más se había bajado. Reconocí mi carro estacionado en la zona de aparcamiento y al entrar en él sentí una extraña sensación de vacío. Me vino a la mente la desolación que había dejado atrás, en Grand Central. En aquel café-bar. La luz amarilla en el rostro. La lámpara abierta sobre mí, como una flor. Y mi sonrisa, amarga. Aquella carne sin sabor, el té sin aroma. La ensalada abriendo hojas superfluas, como de cera. Como si nada de aquello fuera capaz de pasar la función normal de digerirse. En las sienes, un martilleante dolor, apretándome, atenazándome el pensamiento. Al otro lado de la mesa, tu presencia se diluía anticipando nuestra separación. Fue el momento en que la mirada y las voces dejaron de ser comunicación. Inútil ensayar palabras que se empeñan en rodarse hacia el cansancio de platos vacíos. Inútil la sonrisa que no va más allá de un gesto mecánico. Quisiera ser distinta para ti. Quisiera fabricar un rincón privado donde no alcances a intuir mi transformación, el gesto sombrío que me acompaña en tu ausencia. El rostro cerrado, el tenaz martilleo en las sienes, la sonrisa abortada. Todo esto debía pasarme a solas, en la misma salvaje intimidad en que un animal evacúa sus intestinos. Sentí un poco de vergüenza ante esta anticipada transformación que se produjo delante de ti, cuando regresé a la primera década del siglo y me escurrí en la carne-yeso de una pintura metafísica. En mi apartamento, me esperaba el silencio. La mesa de hierro, blanca, formando hojas al aire, sencillas, como empotradas en un friso. Sobre el cristal, los dos candelabros. La cena. Aquella cena. Y en tus ojos, la luz dorada de las velas. Túnica azul. Y tu belleza, tocada de magia. Me serené pensar que aquella noche había podido transmitirte una felicidad que no habías sentido nunca. Y que quizá, eso sirviera de compensación, de equilibrio, por esta muerte que te había dejado esta noche. Quise reducir el tiempo durmiéndome temprano. En el sopor de la noche, tu estudio-atelier, tu estudio de Manhattan. Un caballo. Los cascos, rompiendo los cristales. Un jinete, tu padre, tú. El caballo solo. Y tú, flotando en el espacio. El piso-barranco se abrió y cayó el caballo al abismo y tú, sin caer, sentiste el golpe de tu caída, como alguien que va, velozmente, hacia el centro de la tierra y seguías flotando entre los marcos y el caballo en la zanja, decapitado, y la cabeza, con las bridas entre los dientes, expuesta como en una exhibición, entre los cristales, adornando la ventana. Mis ojos abiertos. Un sudor lamiéndome la espalda. La penumbra de mi habitación. Y en mi voz enronquecida, las vocales abiertas de tu nombre.

Las tres de la tarde. Las cinco de la tarde. Las seis de la tarde. La voz del anunciador transmitía reportajes con vibraciones metálicas. Me pregunté si darían alguna noticia sin importancia: hora y fecha de algún discurso de Gerald Ford. O alguna noticia desgarradora como el terror que causó el ejército de gusanos que marchaba escaleras abajo en una casa de apartamentos del Bronx, después de recorrer las carnes podridas del anciano que había muerto desde hacía quince días. Una de las autoridades públicas se encargó de llevarse el cadáver, pero ninguna quería responsabilidades en la tarea de fumigar el apartamento. Entrevistas y quejas de los vecinos hispanos: inútiles. No volví a oír nada más. No sé qué harían con los gusanos . . . "La temperatura, 30 grados. Posibilidades de nieve. Humedad, neblina". La pantalla de 19 pulgadas. Noticias importantes. La imagen en blanco y negro. Un saco plástico. Varios policías. Manhattan. Frente a la lavandería de un chino. Un cuerpo descuartizado. La cabeza separada del cuerpo. Y los miembros, atados en una soga de nylón. No hay sospechosos, pero sí alguien que se empeña en declararse culpable. Antes de acercarse la cámara, fui reconociendo la boina con la pluma encajada, la sonrisa protuberante y el júbilo infantil en el borde de los ojos. "Cecile, basta con que me llamen Cecile". Y continuaron interrogándola con aire de condescendencia.

EN LA OTRA MITAD DEL TIEMPO

La mujer con ojos de cartaginesa miraba hacia el mar y su mirada se extendía por muchos siglos. Era un ritual. Un rito. Encontrarse con el pasado en la vastedad silenciosa, en el vago rumor de espumas salobres. La mañana fresca, el silencio perfilando su contorno. Sabía que había vivido muchas reencarnaciones y el pasado, sin ficheros en los dedos, ausentaba datos. Pero ahí estaba, la carga de tensiones milenarias, y el mar. Y por sobre todo, esa sensación de destino: un lugar y una fecha. Como una cita concertada antes del nacimiento. Era cuestión de convertir la muerte diaria en espera. Era cuestión de visualizar la silueta de ese otro ser, a la otra orilla de la tensión del tiempo, surcando aliento y espacio, o inmóvil, superando las heridas de un anhelo manso, recorriendo las venas de la piel para posarse en el calor de las manos. El encuentro. Era cuestión de encontrarse. Y allá, en la orilla, la arena húmeda parecía encerrar todos los átomos del eco. Resonancia, voz: respuesta. La mujer intocada por las manos comunes que ruedan centavos y monedas, se dejaba acariciar por el aire, por una brisa que penetraba su hondo silencio. Atrás había quedado aquella casa que una vez, en otros siglos, había sido habitada por esclavos. Ritos de santería. Posesiones de espíritus que hablaban por boca del médium. Mensajes entrecortados de otras épocas que persistían en confluir con el presente. Pero la voz estrella-norte que debía indicarle el lugar de encuentro nunca se hizo cuerpo ni se dejó oír entre los mensajes que lanzaban los que caían en trance.

Otra vez frente al mar, abierta a las sugerencias de aquellos ecos que encerraban su pasado. Las olas, como dóciles obreros, depositaban, en la lentitud de sus gestos, pedazos de madera, cintas de algas, chapas de botellas, frascos. Un frasco. Un frasco de perfume. La mano de la mujer recogió el frasco y, abrazándolo en su suave firmeza, lo trajo hacia su silencio más cercano. Su mirada se depositó en los cristales extraños, en el atomizador, y en aquel líquido herido de rayos de sol, que tenía la consistencia de aceites y óleos de unción. Dejó que el aroma le tocara la piel y se sintió ya, como en otros siglos, preparada para salir de un recinto, esta vez, de un recinto abierto, hacia la búsqueda. Depositó, con un movimiento de vieja costumbre, el perfume sobre la piel de arena que le servía de tocador. Dirigió su mirada hacia la madera. Hacia aquel trozo de madera que yacía allí, pacientemente, como si la esperara. Sintió entre sus manos la humedad de la gruesa lámina de troncos y trató de descifrar las raras letras que formaban un mensaje en una lengua que ya hoy le era desconocida. Notó que la placa estaba meticulosamente partida en dos y se acercó al pecho las letras húmedas, como abrazándolas. Sin tener un conocimiento preciso de lo que estaba sucediendo, creyó comprender. Se irguió lentamente y con el paso firme fue venciendo las lejanías de la playa. A lo lejos, la estación. Y en el aislamiento de los raíles, los trenes solitarios. Un boleto. El conductor con su gorra de visera. El rápido movimientos de imágenes sucesivas. Y en los altavoces, un nombre, un pueblo.

Esperó la parada definitiva del tren. Se sintió descender los escalones y de pronto, en el andén. El grupo dilatado de pasajeros se disipó, espacio adentro, llevándose equipajes, saludos, abrazos. En el espacio limpio del andén, la silueta de una mujer. Su mirada intensa, su contorno, tallado en el silencio. Inmóvil. En la mano, la mitad de una lámina de madera con letras extrañas.

Una breve pausa. Paz anhelante. Aliento entrecortado y profundo. Avanzaron para cortar la distancia. Se miraron a los ojos, y se reconocieron.

EL TREN

No es hora de explicarme quiénes son estas gentes, qué hacemos aquí, a la salida de esta factoría oscurecida; no sé qué hice allí dentro, entre esas tablas, madera gris podrida, ni sé qué hice en el día de hoy, sé que trabajé con esas mujeres, todo este grupo de mujeres que me asfixia un poco, recuerdo las paredes de madera podrida y creo que allí dentro, con estas mujeres, fui parte de un taller, y cosí. Y ahora esta determinación por salir, aquí, ante la puerta del elevador que no acaba de llegar para rescatar nuestra brusca paciencia. Seguimos de pie, sigo de pie entre estas sombras, pero no son sombras porque les veo el vestido y el abrigo y el pañuelo adherido a la cabeza y el brillo de los ojos; no hablan ni hablo ni hablamos pero sí oímos sentir y sabemos la impaciencia de la espera; este cartucho que guardó mi lunch, ahora, enrollado entre mis manos, no sé por qué lo acerco a mí con esta protección, será porque aún le queda algún resto de manzana. Seguimos aquí, de pie, eternamente de pie, pero tengo la libertad de mirar al techo, y al polvo, y a las esquinas, y a esa telaraña; si la telaraña fuera de hierro casi haría los dibujos de las rejas del comedor del patio, las rejas de aquella ventana, la casa de aquel pueblo que ya vive fuera del espacio, fuera de los límites de aquella región, porque en aquella región ya murió ese pueblo que ahora vive en el hueco de mi memoria; ahora lo sé, al fin lo sé, que cada vez que muere uno del pueblo, el pueblo cambia, deja de ser un poco, ya no es lo mismo sin el que se fue; así lo supe cuando murió aquel viejo, porque tanto que me dije, y para qué habrá nacido este hombre si es un parásito, si casi nunca trabajó, porque Batista no le dio trabajo y Grau le dio un puestecito en el que casi nunca hizo nada y Prío Socarrás le dio otro puestecito en el que tampoco hizo casi nada, y yo tenerlo que oír siempre hablando de los demás, fulano es un bergante, ése, ése siempre ha sido un bergante; y aquél, aquél es un ladrón que bastante que roba en la Aduana; y yo contemplándolo, pero cómo puede hablar así de los demás, este parásito que para qué habrá venido al mundo. Y el día que le vino su muerte, supe que había nacido para ser parte de la configuración del pueblo, porque ya la calle Crombet no será la misma sin verlo caminar, arrastrando un poco sus piernas tan altas; sus manos, cruzadas detrás, aplastando la guayabera de hilo, y esa sonrisa en sus ojos azules, de autosatisfacción, de autocondescendencia; ahora lo veo así, que siempre hizo lo que quiso, que nunca hizo nada, y que su altanería era sólo una profunda debilidad; ahora también sé que eso no importa, que los animales de la subtierra le desprenden la carne para dejar sus huesos limpios y esto lo sé profundamente, que no importa, porque él habrá encontrado su autocomplacencia en el espacio y quiero pensar que habrá encontrado una ruta de luz; pero el pueblo se quedó incompleto porque su voz ya no está en la tarde de aquel café al aire libre y el ruido de sus dogmas equivocados ya no hacen eco en las esquinas de la tierra.

Los bultos siguen detrás de mí, envueltos en sus trapos, rechonchos, cargados; pero no sé si están hechos de grasa o de carne o de una casi materia que yo podría atravesar. Ya viene rechinando el elevador, el movimiento lento, el ruido de herrumbre, casi seco, que cesará para abrir el boquete ante mí; presiento la avalancha de los bultos empujándose, apresurándose para entrar, me adelanto para atravesar el boquete del elevador, me quedo esperando, apretada en un rincón para que entre la muchedumbre, pero mi espera se hace sola y los rostros allí, frente a mí, sin moverse, como si supieran; entro, veo la presión de mi pie derecho hundiendo la madera del piso, y cuando se va cerrando la puerta, pienso que el piso está al ceder y que al abrirse la madera podrida, aquella caja descendente del elevador me lanzará al vacío habitado por gruesos cables; pero se hace inútil el grito, y el gesto, y el miedo.

No sé qué se hizo mi memoria ni por qué estoy en este tren, a esta velocidad, de pie, en la parte exterior de uno de los coches; el ruido como una lucha monótona y el enganche de este coche con el coche delantero, forcejeando, como si quisieran soltarse; la rapidez se va apagando al acercarse a la estación del pueblo; más allá, un puente con brazos de hierro donde sé que me tengo que bajar aunque no sé por qué; el tren no acaba de parar, cómo le aviso al maquinista, si el tren está vacío y ahora veo que no hay locomotora; es preciso parar el tren; giro, detrás de mí, una palanca; alzo el brazo, halo, halo, el tren da un parón y en seguida hace un movimiento brusco entre chirridos, como el que hace el tren de Caimanera cuando va a echar a andar; me lanzo a la yerba para salvarme de la velocidad y desde allí, casi en seguida, alcanzo a ver el tren desorbitado, descarrilado; oigo el estruendo, el choque con el otro tren que venía hacia acá, y los gritos de la gente: "el puente, los trenes han chocado en el puente"; los veo correr hacia allá y toda la atención se concentra en la posibilidad de heridos. Veo los hierros del puente, retorcidos; los policías encaminándose hacia allá con esa inocencia y esa benevolencia de los policías de las películas de los cuarenta; intento detenerlos para informarles, para decirles, no quise causar todo esto, pero tienen que saber, yo halé la palanca; el accidente no salió de mí, yo sólo halé la palanca; los policías no se detienen a oír explicaciones y decido no decir nada que me relacione con el accidente, me alejo un poco de las líneas del tren, me voy acercando a un río de agua negra que parece contener la oscuridad de la noche, hasta que compruebo, es la negrura del petróleo; no quiero entrar, no quiero adentrarme en el río, pero es inútil el miedo y entro; si al menos supiera qué es lo que tengo que buscar; los policías, desde la orilla, me hacen señas para que salga porque han oído mi deseo cuando me dije, si estos policías vinieran a ayudarme, si pudieran señalarme qué es lo que tengo que buscar en el río, pero no quieren desviar su atención del accidente y por eso, quieren evacuar del líquido negro, a toda forma viviente. Siguen las señas y vuelvo a la orilla con mi ropa seca, intacta, inexplicablemente intacta; hay algo extraño en mí, ahora lo sé, dónde está el resto de mi ropa, el sweater, la chaqueta, Chachi, que tú me regalaste, la llevaba puesta, y en el bolsillo, la billetera; ahora sólo este pull-over que me cubre con su tenue tejido de algodón, sus mangas cortas, sus letras azules, "I get off on the West Side". El frío de la noche se ha ido de mi cuerpo; tengo que volver al río, allí está la chaqueta y la billetera y el dinero para el subway y el dinero para el billete que compro en la Grand Central; me adentro en el río, en esta negrura donde el miedo es inútil, adivino la chaqueta casi al alcance de mi mano, estiro el brazo, y antes de tocarla, me sorprenden los policías que vienen a evacuar el río de toda forma viva y vuelvo a la orilla, seca, como si no me hubieran tocado las aguas negras; rebusco en los bolsillos del blue jeans y tropiezo con dos pesetas y dos reales; la cabina de teléfono, entro, quiero marcar tu número y lo he olvidado, marco tres números, 453, y después, 5225 y el teléfono da timbre, timbre y no contestas porque ése no es tu número, porque tu número lo he olvidado; si llamo a la pintora, a la escultora de Jackson Heights, yo sé que ella vendría, pero ya visualizo su estudio y el timbre sonando, metiéndose en los lienzos, metiéndose en el mármol de las caras, y ella caminando entre las sombras sin oírlo, sin oírme; cuelgo el receptor sin marcar el número, sin sentir el miedo de la soledad, porque el miedo, ahora, es tan inútil; mi mano sigue en el receptor como esperando alguna decisión que ya yo no puedo hacer, hasta que levanto poco a poco la mirada, atravieso la luz de los cristales de la cabina, y te veo allí, parada, Chachi, esperándome; y voy a decirte, olvidé tu teléfono, necesito dinero, la Grand Central, el billete, comunicarme con la pintora, con la escultora, y voy a decirte tantas cosas más y no las digo porque estás allí mirándome, porque estás allí, esperándome, y tú sí sabes.

EL VAMPIRO QUE DA SANGRE

No tenía cal en los huesos. No tenía formas, ni su piel se le había endurecido para formar el cuerpo. Pero tenía el don de provocar una ilusión óptica y cada uno de los otros, con dudas y recelos, llegó a verlo casi como a un hombre. No lo aceptaban, no lo aceptarían nunca, y la voz se les llenaba de pasta, de una solidez sucia, cuando decían "ese hombre". Pero no había tiempo para analizar situaciones y nadie se detuvo en hacer comentarios. El vampiro fue un niño sombrío y silencioso que hacía dibujos y letras para aprender idiomas. Y cuando la madre no lo sabía y cuando los otros no lo sabían, se iba a la trastienda de aquel restaurante, al fumadero de opio de aquellos chinos y se quedaba absorto en el misterio de aquellas miradas lejanas con una pequeña libreta en la mano donde apuntaba monosílabos extraños, su tesoro secreto. Siempre un chino de unos cincuenta años rompía el misterio porque estaba vestido con las mismas camisas que usaban todos los demás en el pueblo. Empujaba suavemente hacia la puerta al pequeño vampiro y repetía con un raro sonido las mismas palabras: "Esta noche, en la parte delantera del restaurante, trae tu libreta". Y algo extraño sucedió. La presencia de la hosca figura de cinco años comenzó a dibujar sonrisas enigmáticas entre aquellos seres. El pequeño bulto de la libreta no sabía sonreír pero aprendió a decir monosílabos que provocaron un alboroto entre los chinos y unos se secaban las manos con el delantal y otros dejaban de fregar y otros dejaban de llenar vasos de agua. Todos comentaban con una euforia que le sorprendía. Y de inmediato, el hombre de cincuenta años aparecía y entonces había que perdonarle que al atardecer hubiera roto el misterio, porque hacía sentir al pequeño bulto, como un ser importantísimo. Lo llevaba a una antesala y lo ayudaba a subir a una alta silla para que alcanzara bien la superficie de la mesa y allí el bulto apuntaba en su idioma, el sonido de aquellos monosílabos. Y en la libreta llena de números y saludos, estaba atrapado, en las chatas rayas de las páginas, el mundo de aquel ser cuya inocencia no intuía aún, dentro de sí mismo, esa contaminación que no tenían los demás. Lo que sí se preguntaba con frecuencia qué diría la china Simona si él la saludara en monosílabos o le contara del uno al cinco. No había nadie como la china Simona. Siempre estaba vestida con una bata larga, azul. Un sombrero en forma de cono la protegía del sol. Su mirada era siempre hacia el infinito y su gesto, de cansancio y tristeza. Tenía muchos hijos la china Simona pero ninguno parecía haber salido de ella. Una vez, sorpresivamente, llegó al restaurante y habló lenta y hondamente. El pequeño bulto sintió helársele las manos y pensó que si la china Simona pasaba por

aquel rincón, empezaría a contarle del uno al cinco. Pero sintió
deseos de vomitar y sintió palpitaciones y abrió mucho los ojos,
y se quedó inmóvil. Poco después llegó el momento de la gran
separación y la libreta quedó perdida para siempre.

Siempre eran las cuatro de la tarde cuando aquel bulto, bañado y
vestido, se sentaba en el corredor que daba a la calle y se convertía
en materia pensante. O mejor, meditante. Sólo meditaba. Y era
entonces cuando sentía un poco de culpa, y un poco de terror
y se sentía como un ser inevitablemente condenado al castigo.
Y sólo esperaba la noche para abrazar de nuevo a la madre, para
que ella lo ayudara a dormir y para que le exigiera a los demás
que guardaran silencio. Pero llegó el día de la gran separación y
los abrazos de la madre quedarían perdidos para siempre. Desde
ahora en adelante vestiría uniforme y llevaría maleta escolar. El
tren salía siempre el domingo por la tarde y cuando la madre
le alcanzaba, despidiéndolo, un cartucho de caramelos, él se
preguntaba por qué el desgarramiento se sentiría siempre en la
garganta. La casona de las tías, la austeridad temible, saber que
Dios desterraba del paraíso, fueron los elementos que integraron
su soledad. Y empezó a sentir que un amor irrefrenable que
le parecía hecho de sangre, lo forzaba a una órbita anormal,
a una tensión que avergonzaba y dolía. Emborronaba papeles
que llevaba especialmente al tren para que algún conocido se
los entregara a la madre. Pero esto no lo salvaba de aquel rito
secreto de llorar a solas. Más adelante tuvo que cuidarse. Más,
mucho más. La tía mayor lo descubrió llorando y lo acusó de

haber permitido una violación deshonesta. Y ante el terror de la mancha, de otra mancha terrible y nueva, confesó esa sangre-amor que tenía que darle a su madre. Nadie pudo creerlo. Nadie sospechó que toda su mecánica interior era absurda, y toda su arquitectura, desencajada. Sólo le quedaba escribir aquellos borrones y esperar una reafirmación en la carta-respuesta, de que era posible volver al seno materno. Al útero. Adentro. A la placenta. Nadar nutriéndose de otro ser humano. Pero el centro de ubicación tenía que ser suyo, sólo suyo. No más hijos. Nadie más. Y aunque meditaba sin lógica, pudo darse cuenta de que el rito sólo podía darse a través de la carta-respuesta que vendría en aquel tren que pasaba por las salinas, por Novaliche, hasta llegar a la estación desde donde se veía el río. Y creó un pacto ilógico, que nunca podría darse fuera de su realidad deformada: la entrega total de su amor-sangre y a cambio, una posesión de las entrañas de otro ser. Pero las cartas-respuesta se fueron espaciando. O llegaban a otro nombre. O se desviaban de la línea del rito. Y el tren de las salinas y Novaliche llegaba a la estación del río para traer trabajadores sudorosos y malolientes que compraban mariquitas de plátano al bajar al andén. Y una sensación extraña empezó a invadir a aquel vampiro que creía nutrirse de las entrañas de otro ser humano. Y empezó a preguntarse si csa sangre, su amor-sangre, no sería invisible. Y algo, como cristales rotos, comenzó a caer, arterias abajo, en su tiempo interior. Llegó la gran separación, y desaparecieron las cartas.

El viaje a la capital se hizo lento, con aquella lujosa maleta Samsonite. Había leído sólo unas líneas, escritas con patas de moscas, de alguien que buscaba estudiantes para una casa de huéspedes. Aquella letra echó su suerte. Atraía. Además, pedía personas *decentes* y *de buena moralidad*. Y era interesante no saber si entraba él en aquella clasificación. El taxi lo dejó en un punto de la calle Aramburu. Preguntó por ella inmediatamente. Se quedó tímidamente esperando en la sala. Una mujer, de aspecto desagradable, como ésas que se exhiben en los circos por exceso de peso, lo hizo esperar. No se atrevió a decirle a aquel ser desolado, que ella no había llegado aún. Mañana estaría allí, a primera hora. Caminó calle arriba, hasta la escalinata de la universidad. Le pareció bullicioso y ajeno el bar de Derecho. Y los pasteles de guayaba, como un intento inútil de apagar la soledad. Aún no la conocía y ya le tenía preparada su sangre para la entrega total. Para toda la ternura de que era capaz. Para todo el amor. Y una vez desangrado, nutrirse de ella. Deambuló por las calles, esperó la mañana en un desvelo agotador. Temprano, muy temprano, llegó ella. Su sonrisa franca, su rostro bellísimo. Cómo supo escoger las palabras exactas? "Verás qué bien te vas a sentir aquí". El pacto estaba hecho. El amor-sangre se fue filtrando y la oyó decir repetidamente que "le llenaba el alma". Se devoraban mutuamente. Ella se dio a la tarea de purificarlo, le arrancó a dentelladas su última piel y le devolvió la inocencia amamantándolo como a un ciervo. Pero nada escapa a la ley inexorable. La muerte, la distancia, la separación. Y todo quedó perdido para siempre.

El destierro. Dios desterraba. Caín. Al este del paraíso. En la ley de la evolución, un eslabón perdido. Llevando a sabiendas su condena. Y el asco de los demás, al alcance de su mano. Conteniéndose, contenido. Pero la sangre espesa se desborda. Y todo hiere. Porque cualquier palabra trae la antigua acusación de sí mismo. Y se siente entonces el desconcierto del torpe que busca verdades que no puede ver. Que busca manos que no sabe asir. Desequilibrio. Desencaje. Sólo en aquella ciudad pudo vislumbrar algo en los gigantes carteles, en aquellas letras monumentales: "Todo lo embadurnas". "Siempre rompes lo bello". Y, mientras se buscaba unas rosas que creía llevar en la mano, se encogió de hombros en el misterioso frío de la noche y sintió que algo se coagulaba dentro, como si fuera laca y esmalte.

Buenos Aires—Julio, 1973

LA CIUDAD FLOTANTE

De pronto, la oscuridad de la noche, la luz mortecina de la estación de trenes, sí, algún tren me espera para llevarme a la ciudad que un día conocí, viví, la ciudad de casas de madera, de tabloncillos blancos; el guardagujas con un farol en la mano, balanceando en péndulo la luz de carburo, sube al andén y mueve la cabeza con gorra de visera para negarme, no, aquí no entra, éste no es su tren; insisto, el movimiento de la visera se reafirma, no, éste no es su tren, y la abertura de la noche se endurece como una puerta cerrada; tengo que retirarme, la mochila al hombro, camino hacia el muelle tan mortecinamente alumbrado; allí me espera la lancha, ya el motor en marcha, el que maneja la lancha hala la soga, acerca la lancha, me hace la señal que comprendo, salto al borde, y ya sentada, voy cortando, con este perfil solitario, el salitre húmedo de la noche; la búsqueda, siempre la búsqueda, y estos desvíos de caminos tan desconcertantemente ajenos a mí; esta sequedad de tierra borrada de caminos, si todo era tan fácil en el siglo XVII cuando fui mujer, escondida en el misterio de notas de laúdes, sufriendo de amores imposibles, que se confundían en mis largas faldas de ricas telas en aquella mansión, en el castillo, y todo era tan fácil, sufrir así, entre suspiros, entre notas de laúd, entre aquellas vestiduras de ricas telas y el balcón interior donde nos sentábamos tan elegantemente reservados, sentirme la agitación del pecho distribuyéndose entre los senos abultados, y el pañuelo que apretaba en la mano derecha para calmar la desesperación de la distancia, ese hombre en el salón contiguo, que me amaba, que no me amaba, que es imposible nuestro amor, que podría ser imposible, pero qué fácil era todo esto entre notas que gotean solitariamente delicadas, la elegancia reservada y el sahumerio, el aroma de incienso de capilla; ahora la frustración se hace agresividad, pulverizar el mundo a golpes de karate con el filo de la mano derecha, porque se hace intolerable el desencaje, porque se hace intolerable la marcha forzada de la búsqueda, y tú, Chachi, que compartes mi vida en este siglo XX en el que podemos recorrer sin torturas los rincones de Westchester, me adviertes: si eres negativa, atraerás lo negativo; en el momento en que nos encaminamos a la mansión de Lyndhurst a tomar una extraña bebida caliente, una infusión de frutas y especias, y a oír las voces del coro que se acompaña de flauta y laúd, me adviertes, que esta agresividad es mi parte fea, porque nunca viste que no era agresividad, sino un silencio de pesadumbre que recuerdo fielmente, tan insistentemente, hasta extenderlo a todos mis rincones, y lo recordarás tú, mujer de ahora, cuando ya no compartas mi cama, y esta incomunicación seguirá siendo mía, el punto de encuentro de mis átomos regados por los ruidos de las concreteras, por las oficinas, por la burocracia manipulada por los negros, por la burocracia manipulada por los blancos, por el golpe del reloj que persistentemente me lanza a una tarea inútil, y no hay a quién gritarle, y no hay con quién quejarse, y todos los núcleos de protesta se van reventando, y la incomunicación pegada a mí, acompañándome, reintegrándome, fortaleciéndome en la seguridad de que ninguna mujer sabrá arrancármela a dentelladas; y ahora, cuando soy casi hombre, casi nada, con la mochila al hombro, el ruido del motor, el salitre húmedo pegándoseme en el perfil solitario, avanzo presintiendo la hendidura de la estela, en las aguas que ceden a la presión de la proa, y no sé si podré reconocer el pueblo porque no fue mía la decisión de visitarlo, porque ha pasado tanto tiempo de paso imponderable, y respiro hondo el aire de salitre para no quejarme de la incertidumbre; la marcha del motor va espaciando sus ruidos, orientándose hacia la lentitud, una suave sacudida, el balanceo de la lancha contra el muelle, el amarre de las sogas, el pie en la madera oscurecida, casi blanda, y el pueblo, el pueblo aparece ahí, flotando en el medio de la oscuridad, cada casa blanca balanceándose en el mar picado de la noche y ya me adentro en esta casa de salones pobremente alumbrados, y en un salón, la mesa de billar, y los milicianos mirándome con cara de sospecha, mirándose entre sí para comunicarse algo que nunca me dirán a mí, y por primera vez, me atemoriza esta soledad tan llena de testigos, y sigo sin preguntas, a un miliciano que me conduce hasta la entrada de un puente colgante, de madera, que me lleva a la casa contigua, y después de señalármela, se desaparece el miliciano, y siento el agua hasta los tobillos; llego a los escalones de madera, a la casa de madera, voy adentrándome en el patio que me había presentido todo sembrado de santo domingos, y esta señora gruesa, que se me presenta, se queda de pie, secándose las manos mojadas en el delantal, mirándome como si reconociera en mí a la persona que viene a cumplir una tarea que ignoro, a llenar un destino que desconozco, sin comprender mi asombro, sin que se le ocurra explicarme por qué en el patio no hay jardín, sólo tablas, tablas que se hunden con mi peso para que el agua entre a mojarme los tobillos.

Manufactured By: RR Donnelley
Breinigsville, PA USA
December, 2010